张 者———著
鹿 白———绘

山前该有一棵树

重庆出版集团 重庆出版社

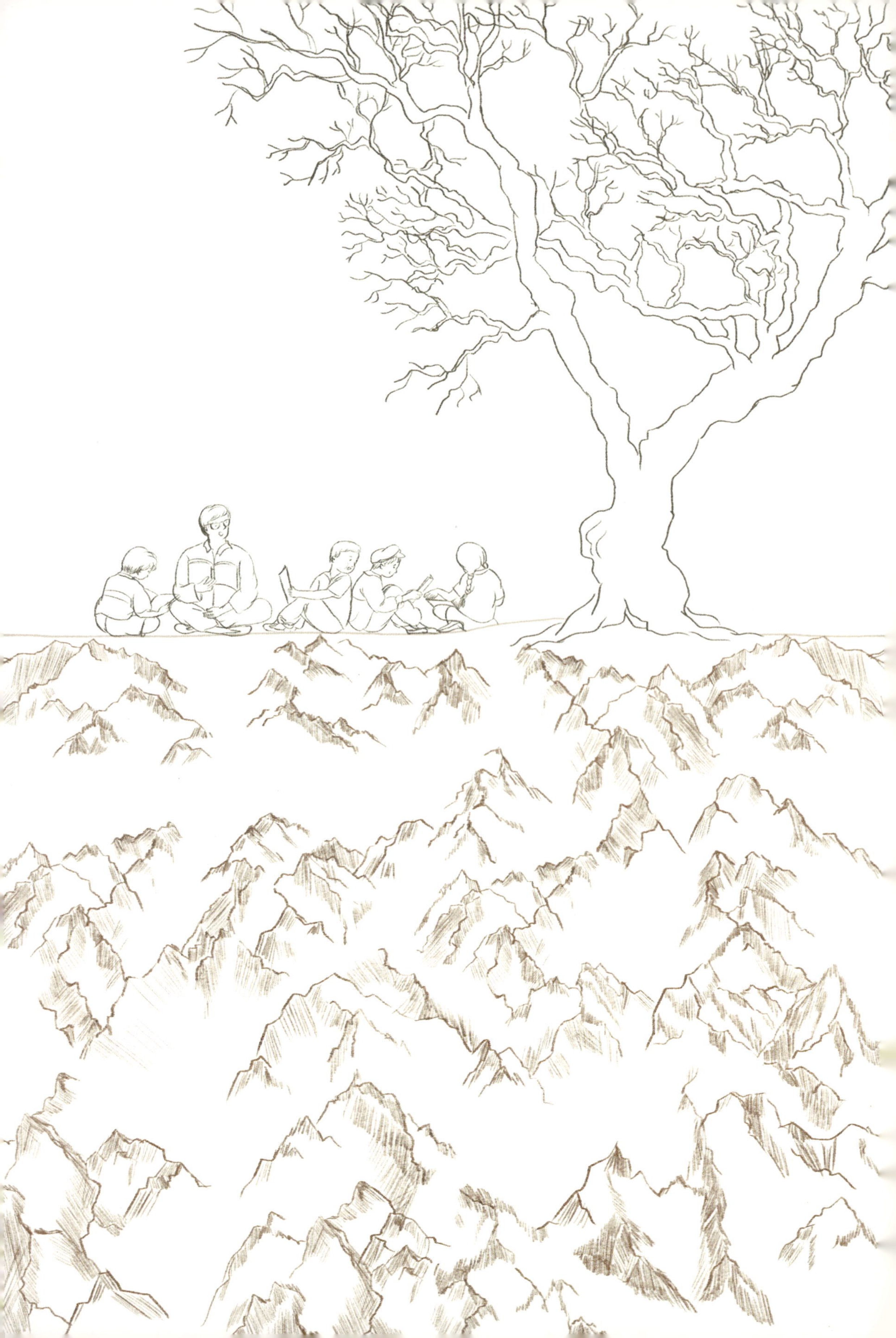

这是个啥地方嘛，都是光秃秃的石头，裸山。

树不知道跑哪去了，草也难觅踪迹，花儿那些娇惯的美丽都躲在人们的记忆里了。补鞋匠巴哈提说，这个地方连石头都不穿裤子嘛，男孩儿别克也不需要穿裤子，男孩儿巴郎也不需要穿裤子，汉族的小子也不需要穿裤子嘛。他说着还向我们裤裆里张望，然后哈哈大笑，这弄得我们十分难堪。"巴哈提"是幸福的意思，他每次逗你玩都会找到幸福的感觉。他一会儿说哈萨克语，一会儿说维吾尔语，还会说汉语，我们都搞不清楚他是什么民族。新疆少数民族多，我们统称他们为"老乡"。

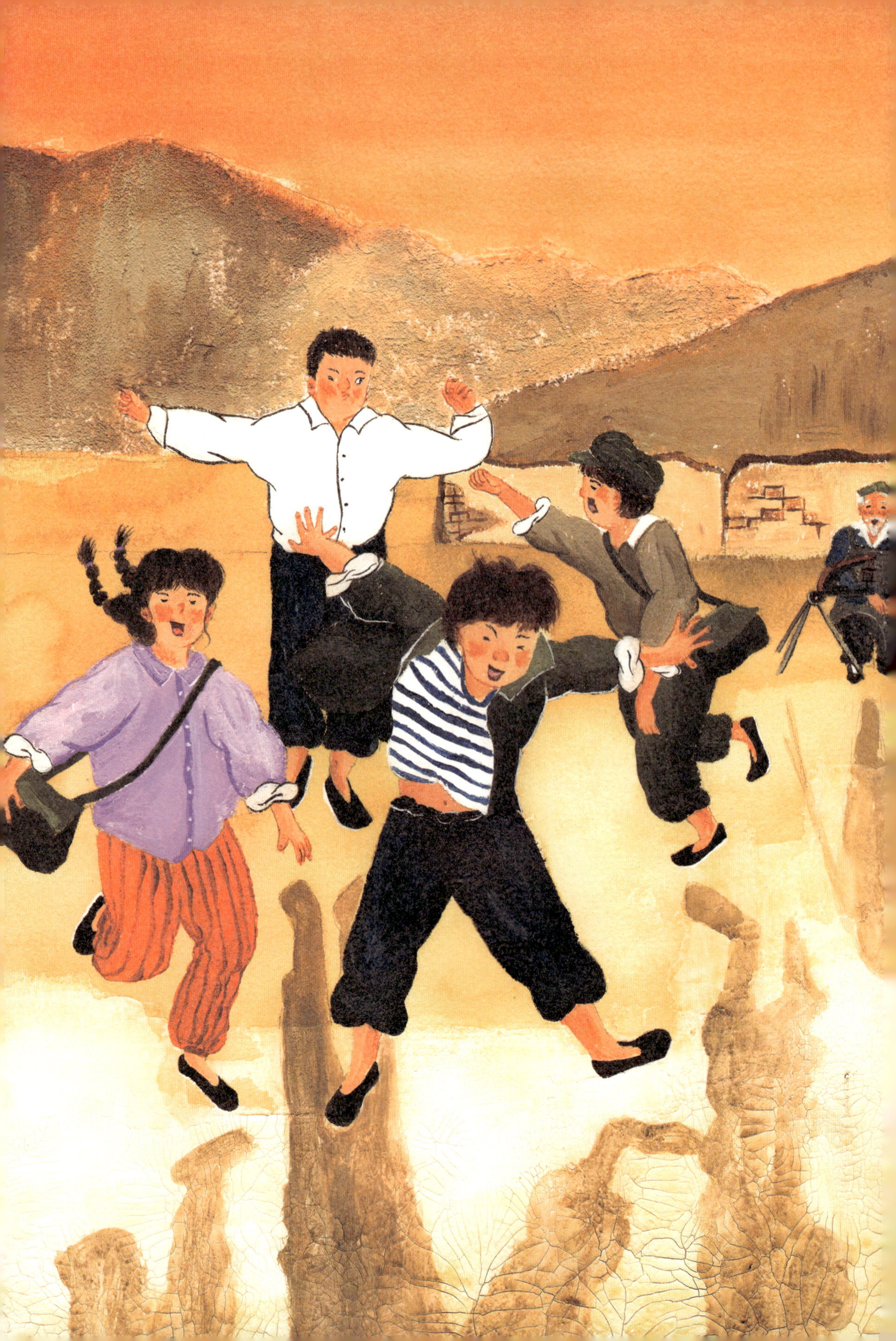

这时，上课铃声突然响了，同学们"轰"地一下从他的补鞋摊撒丫子跑了，就像一群被惊飞的麻雀。巴哈提老乡在我们身后嘿嘿笑，说："跑快点嘛，快点跑嘛，鞋子坏了，我来补嘛。"我们跑着完全能想象到他那八字胡诙谐地左右抖动的样子。巴哈提老乡的补鞋摊就在我们小学校墙边的阴凉处，那叮叮当当的钉鞋声，让我们经常误认为是下课的铃声。

这是一个矿区，属于天山深处的神秘所在，一个荒山秃岭寸草不生的地方。天山南坡和北坡完全不同，北坡降水丰沛，风景如画，而南坡干旱少雨，就如一幅画的背面。南坡没有山坡草地，没有如盖的塔松，也没有蘑菇般的毡房和满坡的牛羊，只有满山的砾石。那些石头在西部烈日的灼烤下，散发出铁锈的气味。那里属于不适合人类居住的地方，可是，由于找到了一种神秘的石头，兵团突然从三个建制团中抽调了近千人，集结到了这里。人们也懒得给它起一个像样的名字，只用了一个编号，叫506矿。506矿到底有什么矿？从这个编号中你只能读出神秘的气息却读不出实际的内容。关于506矿的传说只能在黑夜里进行。我第一次听到它的传说是在晚上熄灯后，我那刚上一年级的弟弟从被窝那边爬到我这头，然后对我耳语道："你知道506矿是什么矿吗？"我问什么矿，他神秘地说："是铀矿。"铀矿是什么矿呢？弟弟又降低声音回答："铀矿是造原子弹的。"

原子弹的赫赫威名谁不知道，它不用爆炸，就能把人震得昏头转向。于是，我们生活的地方就有了一种神秘色彩，哪怕是喝着苦泉水也不觉得苦了，因为我们的父母正干着一件天大的事情。

父母被调入矿山后，我们这些孩子属于家属，就跟随着父母上了山，这样，一个简陋的学校就在山前用石头搭建了起来，屋顶用的是红柳枝和油毡。每天的上课铃声让正在开矿的父母们十分安心，只是他们开山的炮声却让我们十分惊恐。在炮声隆隆中上课，飞石砸在房顶上，如天神的战鼓。教语文的胡老师正领读课文《曹刿论战》："一鼓作气，再而衰，三而竭……"听到房顶的咚咚声，我们有一种身临其境的感觉，大家就会心一笑。胡老师也笑，望望房顶说，三而竭了，没事。同学们就哄堂大笑，疲惫的午后课堂突然就活泼了一下。相比来说，我们更喜欢作文课，因为胡老师有满肚子的故事。他是一个大学教授，右派，发配到新疆就成了我们的小学老师。让一个大学教授当小学老师，这对于他来说也许是一种惩罚，对我们来说却是最大的福分。

我们这些在绿洲出生的新疆兵团人的二代,通过胡老师了解到外面的大千世界。他坚持让我们每周写一篇作文,他说:"什么叫语文?一是语,二是文。"

"语"就是通过课文学习语法、语言,古诗文都要背下来;"文"就是文学,就是要学会写文章,每周写一篇作文。他在命题作文前常常给我们讲故事,启发我们,然后望着窗外随意给我们出作文题目,比方《苦泉水》《戈壁滩》《矿山人物之一》《矿山人物之二》等等。当他望着远方的戈壁和漫山遍野的石头让我们写《树》时,我们不干了,因为我们的眼前根本没有绿色,更别说树了。

有同学就喊,胡老师,我们山上连一棵树都没有,怎么写?胡老师就说,眼前没树,心中难道没有树吗?回家问问父母吧。

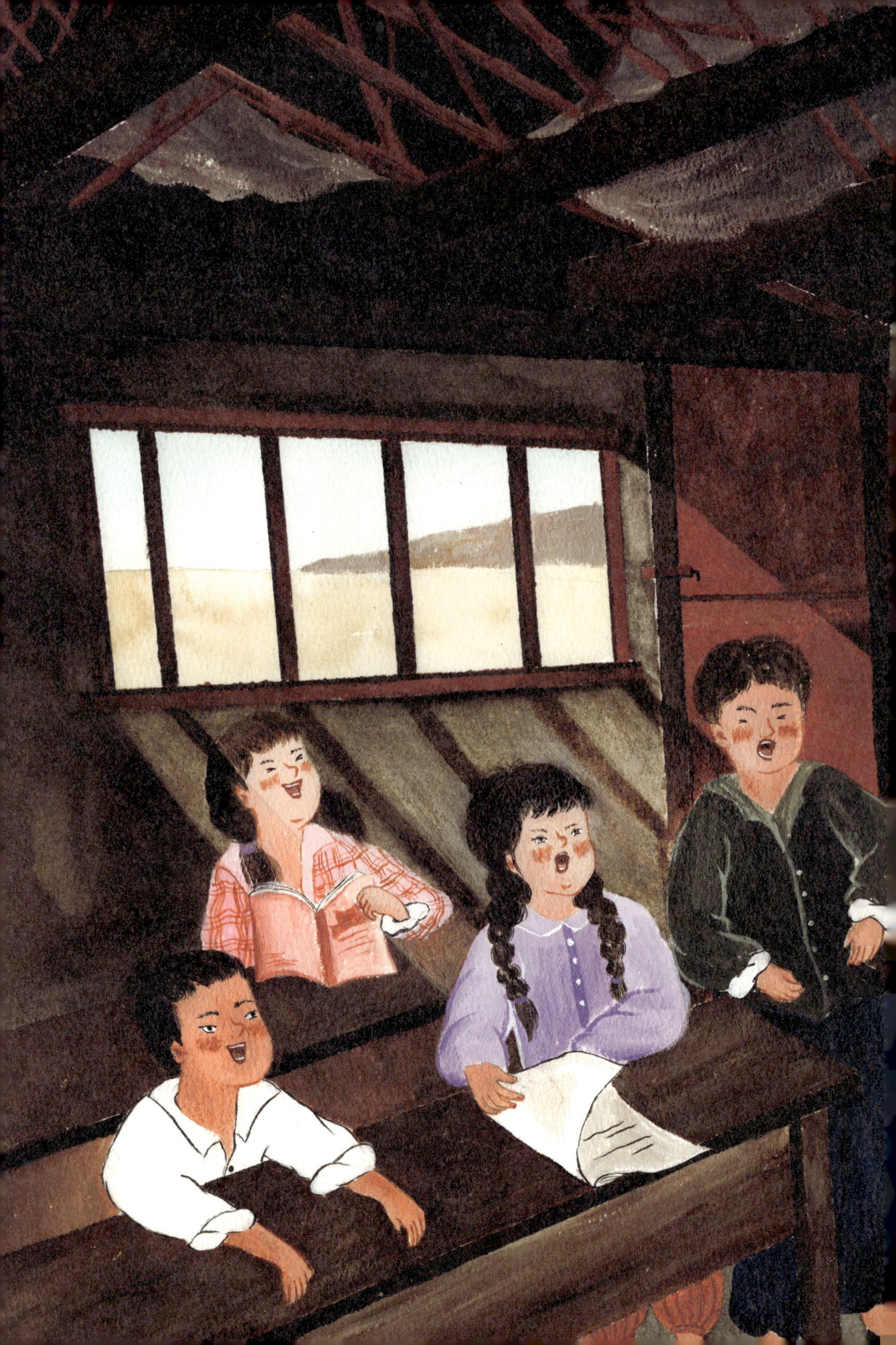

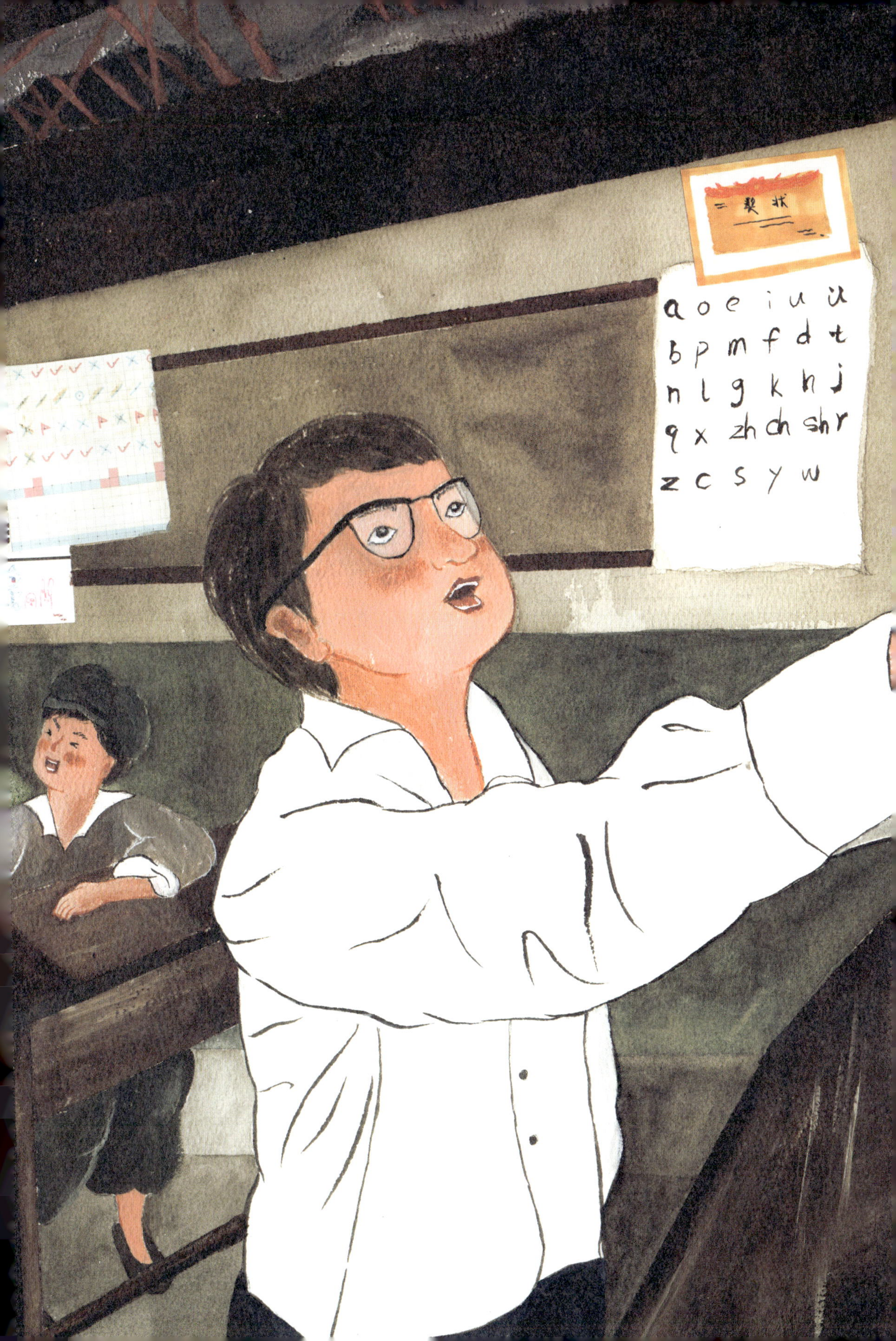
a o e i u ü
b p m f d t
n l g k h j
q x zh ch sh r
z c s y w

于是，在第二周的作文讲评中，同学们就写了很多不一样的树。有村口的大榕树，有门前的大槐树，有坝子上的黄桷树。我爹给我讲了老家的大桑树。他边讲边咽着口水，说起了小时候吃桑葚的故事，那些黑紫的甜蜜安慰了他童年的饥饿和贫困。父母们都是有故乡的人，他们来自五湖四海，为了屯垦戍边来到了新疆。他们每一个人心中都有一棵树，而每一种树都寄托着他们的乡愁。比方：写黄桷树的父亲是四川人，写大槐树的父母是北京人，写大榕树的老家是福建……我爹是河南人，他给我讲了门前大桑树的故事。

可是，我们这些土生土长的"兵二代"，眼前连一棵树都没有。在一次作文讲评课后，我们望着窗外所有的石头，喊：

"山前该有一棵树！"

胡老师望着我们，然后又望望窗外说："同学们，真不该让你们在没有树的地方成长。可是，没有办法，你们是兵团人的孩子，父母走到哪里，就要跟到哪里。"然后，胡老师给我们讲了一些关于新疆树的故事。老师讲到一个叫左宗棠的清朝人，抬着棺材收复新疆，沿途栽下了柳树，叫左公柳。老师还讲到了胡杨树……

我们是从山下绿洲来的，那里就有树。有婀娜多姿的沙枣树，还有高高的白杨树。果园里的树就更不用说了，不但有花香还有甜蜜。老师所说的胡杨树也有，有一棵最茁壮的胡杨树就生长在胜利渠边上。水罐车从胜利渠给我们拉淡水，会从那棵孤独的胡杨树边路过。我们夏季上游泳课，就把胜利渠当游泳池，那棵胡杨树下巨大的荫凉就成了我们的集合地。

那棵茂密的胡杨树孤独地生长着。在夏季，它给我们带来一片巨大的绿荫，成了我们的课堂；到了秋天，它会很隆重地展示自己，金黄的叶子展开来照亮了荒原。它是那么茁壮，又是那么孤独，却美得让人震撼。

那次关于树的作文课，让我们想起了那棵胡杨树，大家就齐声喊："把那棵胡杨树移到我们山前吧，让我们回家能找到路。"

胡老师说："山上没有水，树不能活。"

同学们喊："山上没有树，人不能活。"

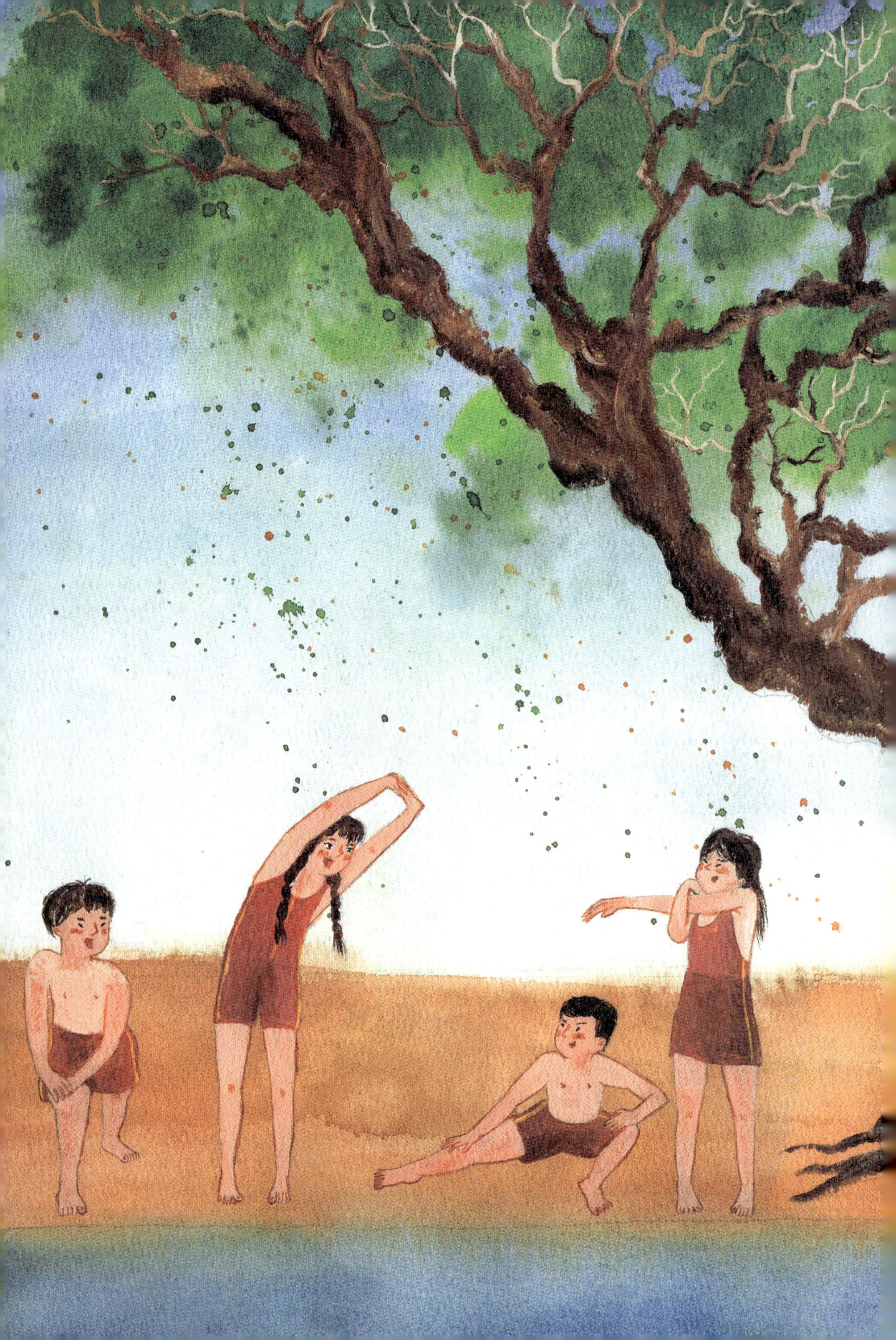

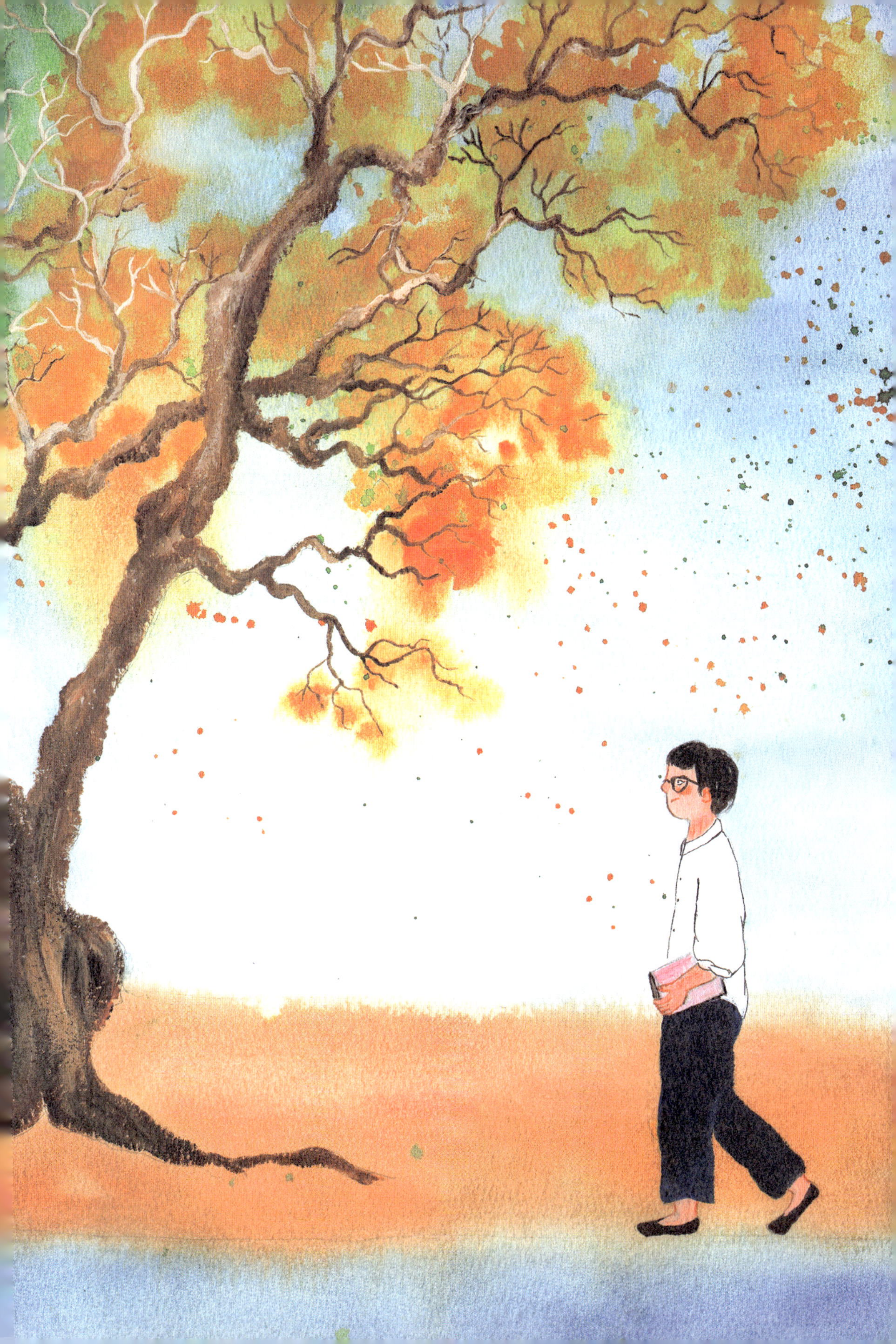

大家七嘴八舌地说，我们可以喝山上的苦泉水，用山下拉来的甜水浇灌。胡老师被我们打动了，眼眶有些红，下课时他没有和我们告别，就独自走了。同学们面面相觑，都有些内疚：也许我们的要求有些过分，在这寸草不生的地方非要一棵树，这不是给老师出难题吗？

没想到，我们的无理要求在第二周的星期三就有了结果。那应该是春天，虽然大家见不到春暖花开，棉袄却已经穿不住了，凭借着身体的感受，知道春天来了。矿长派出了东方红拖拉机，拉着爬犁（一种运输工具），还派了一辆水罐车，要去为我们移那棵胡杨树了。

星期三是体育课，也由胡老师代课。胡老师让同学们坐上了水罐车，下山去看移树的过程，让同学们好好观察，要写作文。这样说来，我们的语文是体育老师教的，或者说体育是语文老师教的。胡老师把语文课和体育课混搭了。无论是语文课还是体育课，只要是胡老师上，我们都喜欢。虽然春季不能游泳，但是我们觉得移一棵树比游泳重要。那棵美丽的胡杨树将移到我们的山前，成为我们的消息树，成为我们的故乡树。从此，我们的心里也有一棵大树了，无论将来走到哪里，那棵树都会存在。无论我们走多远，那棵树都会在山前指引着我们回家。

　　搭乘水罐车下山是有风险的，大家只能站在水罐车的边上，抓住水罐车上焊接的钢筋。胡老师本来不想让女生去，可是女生提出了抗议，说胡老师不能重男轻女。在女生的强烈要求下，胡老师只能同意。为了保证女生的安全，胡老师让女生钻进水罐内，男生站在水罐外。站在外面的男生就笑，说女生都变成水了，还是甜水。有男生就说女人才不是甜水呢，是苦水。他爸爸讲的，越漂亮的女人越是男人的苦水，他爸爸就是在苦水中泡大的。大家不懂，就问为什么呀，男生说他爸爸每天晚上都要给他妈妈洗脚，还不苦吗？大家都笑了。

女生蹲在水罐内，男生站在水罐外。调皮的男生就用鹅卵石敲水罐，女生就喊，胡老师，你管不管，震耳欲聋呀！女生一喊，胡老师就追查谁敲的，查到的男生被塞进水罐车内，陪女生。这一招非常奏效，其他男生再也不敢敲了。

不久，女生在水罐车内又喊，胡老师，谁放屁了，臭气熏天呀！站在水罐车边上的男生就"轰"的一声笑了。胡老师也笑了，

说先忍忍吧，马上就到。女生问，还有多远呀？大家就喊，能看到那棵胡杨树了。

下车后，我们问那个男生水罐车内什么味道，男生说里面空气不流通，有味，开始是搽脸油的香味，后来，我实在憋不住了，就放了一个屁，就不知道是啥味了。大家一听大笑。

那棵胡杨树还没有生叶，只有一些似是而非的萌芽。它孤零零地站在那里，没有夏天的雄壮和秋天的美丽。我们知道它会有枝繁叶茂的那一天。大人们沿着胡杨树四周挖了一个大圆圈，然后那圆圈越挖越深，挖了一个很大的坑。树根终于露了出来，大人们就用稻草绳把带土的根部绑成了一个大圆球，再然后用撬杠和拖拉机拉动大圆球，让它滚上大爬犁。

在大人们挖树的时候，同学们就到胜利渠边喝水。大家成群结队地趴在渠边，尻子撅到了天上，就像一群羊，而牧羊人是胡老师。春季的胜利渠水冰冷刺骨，肯定是不能游泳的，但是，喝水对我们来说同样重要。胜利渠冬天是枯水期，各家各户储存的冰也没有了，我们已经喝了很长时间苦泉水了。

我们在渠边喝饱了肚子，装满了随身的水壶，胡老师就吹响了哨子把整个班集合起来上课。上课的内容没有什么新鲜的，就是跑步。同学们围绕着正在挖树的大人跑步，踏着胡老师的哨子，一二一，一二三四……其间，胡老师还带领我们唱歌："下定决心，不怕牺牲，排除万难，去争取胜利……"大家围着那已经躺倒的胡杨树一圈又一圈地跑，就像给大人们加油。春天的阳光暖洋洋的，不一会我们就满头大汗了。胡老师让我们休息，男左女右，撒尿。然后，喝壶里的水，灌满水壶后又开始跑步。胡老师对挖树的大人说，这叫新陈代谢，这些苦孩子整个冬天喝的都是苦水，要好好洗洗肠子。

当大伙喝了三次水后，那棵大树已经老老实实地躺在爬犁之上了。它实在太高大了，树根那个大圆球和树干被捆在爬犁子上，有一半树枝还拖在地上。拖拉机拉着爬犁在前，累得直冒黑烟。装满了甜水的水罐车跟在后面，整个队伍开始向山上移动，远远望去像一支送亲的队伍。大人们在地下走，跟随着五花大绑的胡杨树。由于是拖着走的，它随时会歪，要调整树的姿态。孩子们继续乘水罐车。水罐车里灌满了水，同学们只能围着水罐车站立。女生们的腰里都绑了稻草绳，和水罐车拴在一起，算是安全带。山路颠簸，水从水罐车的圆口荡漾出来，洒在大家的身上，很凉。男生可以躲，女生被拴住了就无法躲避了。她们显得很英勇，当荡漾的水花洒过来时，她们昂着头，伸出舌头，去迎接那水花，这让男生目瞪口呆。男生不好意思伸出舌头，女里女气地去接水，学女生是很没有面子的事。男生就摇头晃脑地躲避那荡出的水花，作得意状。

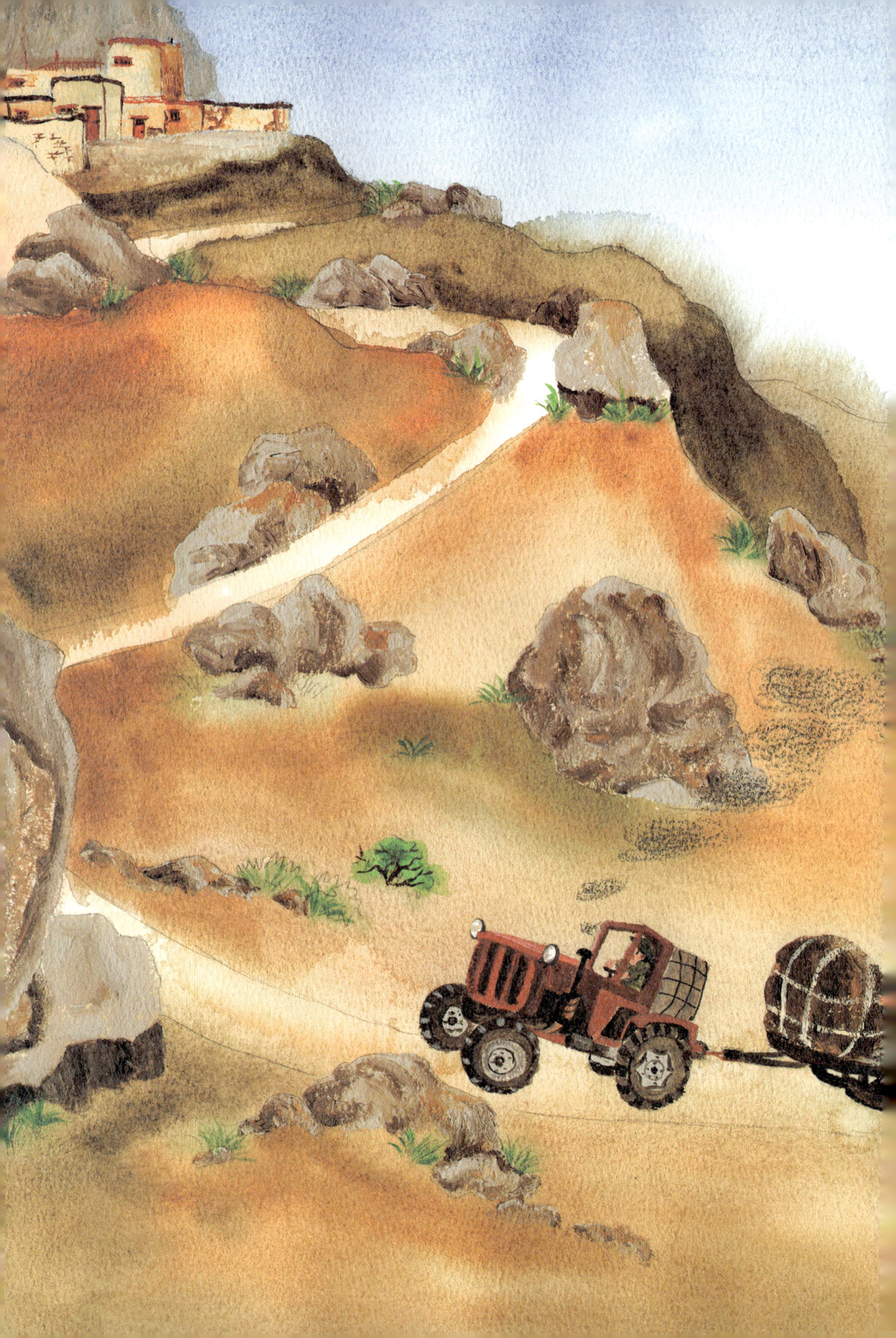

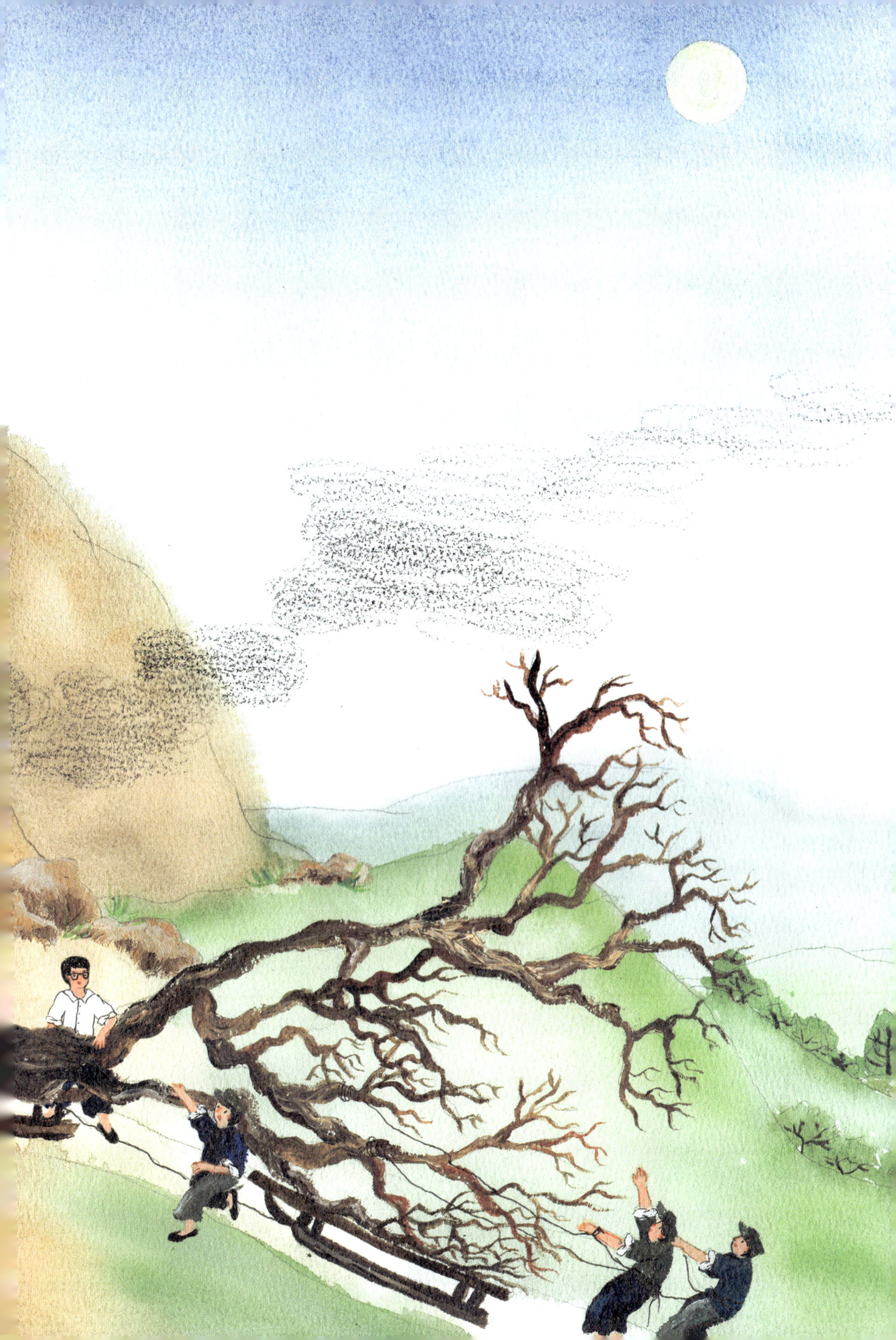

胡杨树被运上山后，就栽在我们小学校操场中央。那是个好地方，如果你上山，无论是步行还是坐拉石头的拖拉机，很远就能看见它。它高高地耸立着，成了上山者的路标。坐在教室里依窗而望，也能看到它伟岸而又粗壮的树干，这让我们安心，给我们带来希望。

树栽在操场中央，既不耽误我们围绕着大树跑步，也可以给我们带来休息的荫凉。栽树的时候全矿的人都来了，那简直就是一个节日。人们眼巴巴地望着从水罐车内放的甜水浇灌它，用舌头舔着自己干裂的嘴唇。

　　一口水只能解一时之渴，一棵树却能带来永远的绿荫。

为了那棵树，大家觉得少喝一口甜水也值了。孩子们却张着嘴傻笑，因为移树时已经喝饱了水。没少喝一口甜水，却能享受树的荫凉，当然偷着乐了。当大树栽好的时候，我们欢快地一个拉着一个的后衣襟，围绕着大树哼哼唧唧唱了不少儿歌。那些儿歌谁也没有教过，也不是革命歌曲，都是很古老的好歌，是从内心中突然冒出来的。那些儿歌也不知道谁带头唱的，词有点乱，现在依稀还记得几句：扯虎皮，做花衣，姥姥门前唱大戏；唱大戏，搭戏台，谁家孩子还没来……都是奇奇怪怪、自自然然的句子。

虽然栽树的那天晚上没有唱大戏，却围绕着胡杨树放了露天电影。为了纪念胡杨树的到来，矿长专门选了电影《冰山上的来客》。胡杨树不就是矿山上的来客吗？在看电影的时候，有孩子爬上了胡杨树，被矿长用树枝狠狠地抽了下来。矿长说，新栽的树要扎根，三年内谁敢爬树，抽他一百下。挨抽的孩子是我们的同学，大家都向他投去鄙视的目光。

在放露天电影的那天晚上，补鞋匠巴哈提改行了。他破天荒地在树下摆起了一个烤羊肉摊。他用一把扇子让烟雾弥漫开来，把烤肉的香味送进我们的鼻子。他的喊声更是诱人："羊白哩，羊白哩（烤羊肉），不香不要钱，不甜不要钱，一毛钱一串，几百年前就有的好味道嘛，世界上最干净最老实的味道嘛！"

我们只能望望巴哈提老乡那油汪汪的胡子，贪婪地用鼻子嗅着肉香。这就够了，因为我们没钱买。吃烤羊肉的都是单干户，以上海知青居多。他们有工资却没结婚，没有人管，一人吃了全家饱。让人意外的是在看电影时有人递给了我一串烤羊肉，是那个爬树挨抽的同学。他爬树挨了矿长的抽并不觉得可怕，可怕的是他迎来了同学们的白眼。他觉得今后不好做人了，就偷了自己家的大米，用大米换了羊肉串，送给每一个男生吃。为此，他爸爸发现后又狠狠地揍了他一顿。我们虽然吃了他的羊肉串，在第二天上学时，每人还没忘记给他一脚。他都苦笑着接受了，因为这算大家原谅了他。他因为爬了一次树挨了三次打，代价沉重。

从此，我们开始每天关注着胡杨树的消息，我们盼望着它能发出嫩芽，长叶，然后一树绿荫，到了秋天一树金黄。我们担心那么壮观的金色，小操场会装不下的。

可是，都万物生长了，它那原本似是而非的萌芽还没一点儿变化，更不用说生叶了。一直到胡老师带领我们去胜利渠边上游泳课，胡杨树还不见绿荫。我们上游泳课还是在老地方，那是胡杨树的旧址。树没有了，只剩下一个巨大的树坑。同学们习惯把衣服围绕着树摆放，现在只能围绕树坑摆放了。在围绕着树坑跑步热身时，大家开始怀念那胡杨树曾经的绿荫，毕竟一个坑和一棵树有天壤之别的。

胡老师的游泳课，那简直就是我们的节日，其实那就是玩水。山上当然是没有水了，也没有游泳池。胡老师就让我们搭车，坐那些拉石头的拖拉机下山，到胜利渠里游泳。

　　在山上经常喝苦泉水，游泳课居然能跳进甜水中洗澡，这实在是太奢侈了。所谓甜水就是淡水，喝多了苦泉水才有了这种对水的区分。

同学们往往会在上游泳课的前一天就不喝家里分配的甜水了，大家干耗着等待游泳课的到来。我们来到胜利渠边，胡老师一声令下，大伙扑进了渠水中。"轰"的一声，整个身体被水包围了，就像一群快干死的鱼，还魂了，活泛了。一下就找到了感觉。同学们长时间沉在水中，先尽情地喝饱肚子，然后再抬起头来喘气。几十年后的今天，我去游泳池游泳总习惯先痛痛快快地喝几口水，这种习惯经常让我拉肚子。几十年前的渠水却是好水，那是天山雪水融化下来的，是千年的矿泉，我们即便尽情地喝饱也不会拉肚子。

　　游泳后，我们望着树坑问老师，我们的胡杨树怎么就不生叶呢？胡老师说："人挪活，树挪死呀，可能挪死了。"我们当然不敢相信，那么一棵粗壮的树怎么会挪死呢？胡老师说越是大的树越不容易挪活。大伙就闹着让胡老师想想办法，救活那棵树吧，同学们认为胡老师无所不能。

　　胡老师想了一下，然后眉毛舒展了，说今天晚上所有的男同学到胡杨树下集合。女生就叫唤，咋又重男轻女呢？胡老师这次十分坚定，说女生绝对不能来，这关系到能不能救活胡杨树。胡老师从来没有这么严肃过，还上纲上线。这关系到胡杨树的生死，把女生吓坏了。

那是一个月夜，有一轮很好的月亮挂在胡杨树枝上，所有的男生都悄悄地来了，在胡杨树下静静等待胡老师的出现。大家有些神秘，还庄重着，觉得肩上有天大的重任。胡杨树静静地立在那里，不生叶，不呼吸，不睁眼，没有一点生命的迹象。

胡老师来了，手里拿了两把坎土曼（一种锄地挖地的农具），一把自己用，另一把递给了个子最大的同学，然后围绕胡杨树刨沟。我们只能围在四周看着，不知道接下来干什么。刨一个小树沟，胡老师一个人就可以，完全不用把全班男同学都集合起来的。胡老师把那树沟刨完美了，然后站在不远处喊道，所有同学围绕胡杨树集合。我们知道用我们的时候到了，大家围绕胡杨树站成了一个圆。胡老师就像在给我们上体育课，非常严肃，压着嗓子喊："都有了，立正，稍息，向前看，脱裤子。"

同学们经常上胡老师的体育课，习惯了这些口令，条件反射地跟随口令。突然听到老师喊脱裤子，就有些不解，有的就回头望望胡老师。胡老师还是那么严肃："听我口令，不要交头接耳，脱裤子。"

我们十分惶惑,在游泳课时胡老师都不会让同学们统一脱裤子的,换衣服都自行操作,面对胡杨树边的小树沟,游泳是不可能的,那么为什么让脱裤子呢?但既然胡老师让大家脱裤子,我们还是要执行口令的。反正是晚上,也没有女生在。我们恍然大悟,胡老师不让女生来,就是为了让大家脱裤子方便。

胡老师又喊:"掏。"

啊,掏什么?大家都愣住了。胡老师又喊,听口令,掏出你们的小东西。大家"哈"地一下就笑了,胡老师让我们掏小鸡鸡。大伙虽然有些懵懵懂懂,但是,站着掏出小鸡鸡的条件反射就是撒尿。

"尿。"

几乎和胡老师的口令同步进行,大家开始对着树沟撒尿。

这时,胡老师吹起了悦耳的口哨声,那是电影《追捕》的插曲:"来呀来啊来呀来,来呀来啊来呀来,来呀来来呀来,来呀来呀来……"

所有的"水管"都对着胡杨树,形成了一个反向的圆弧喷泉。那喷泉渐渐弱了,水多的还在喷,水少的就有些内疚了,眼看人家还在"来呀来",自己却来不了啦。有人怕贡献小,就挺起肚子狠命使力,把吃奶的力气都用上也来不了啦,强弩之末嘛。

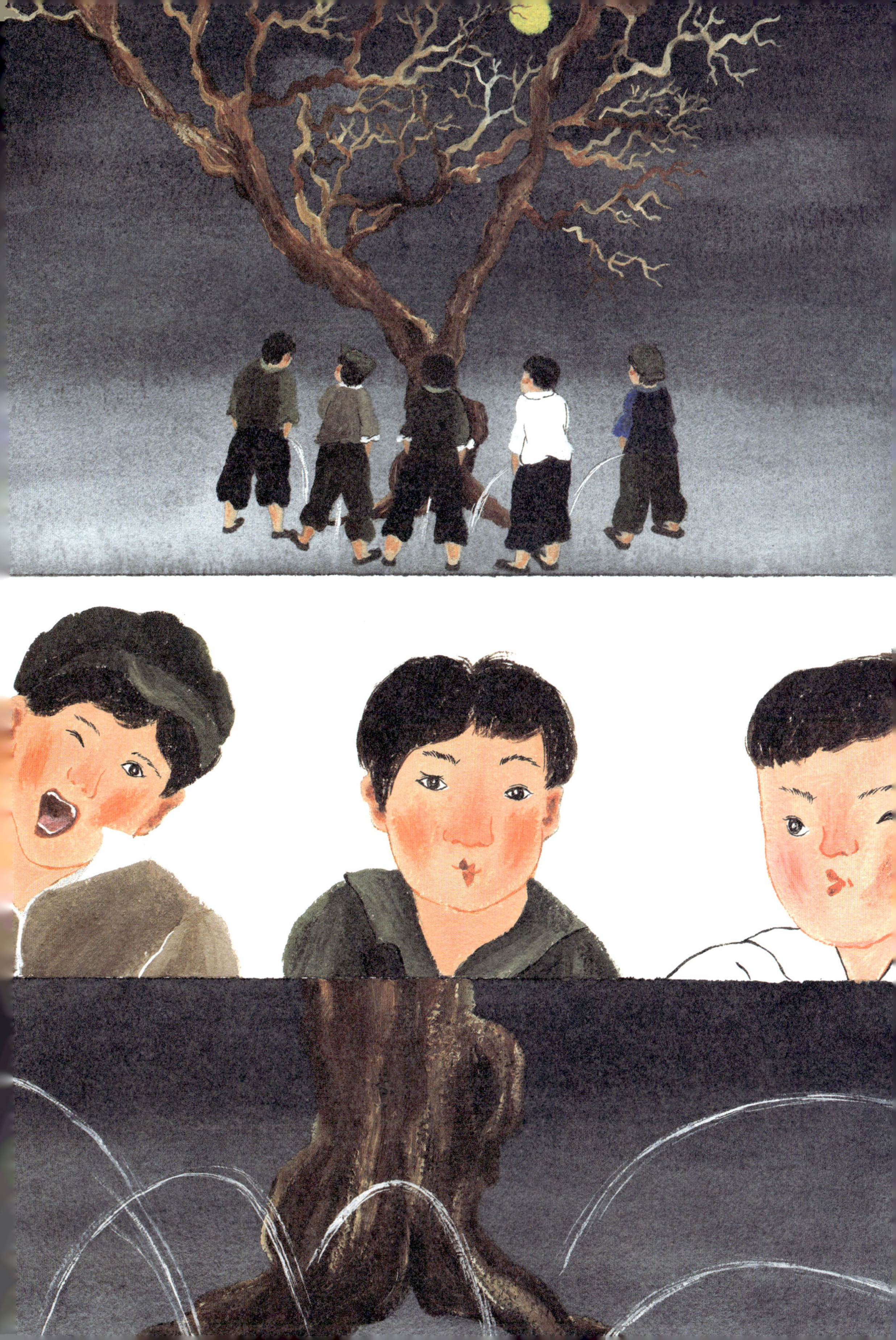

当最后一个同学"来"完后，胡老师喊："解散。"然后从家里提出了一桶甜水，对着树沟倒去。胡老师把分配给他的甜水都节省下来了，自己不喝，留给了树，这让我们很感动。那水"哗啦"一声欢快地倒进了树沟，甜水混合了我们的童子尿，一下就把树沟灌满了。胡老师说，今晚的事一定保密，不能告诉女同学。我们"哈"地一下都笑了，这事怎么能告诉女生呢，这是男人的秘密嘛。

第二天晚自习后，我们都以为胡老师还会"在胡杨树下集合"，都拼命喝甜水，憋住尿，想着为拯救胡杨树多做贡献。大伙都不喝苦泉水，怕尿出来的也是苦水，胡杨树不喜欢。

晚自习后，胡老师并没有再集合男同学，这憋得我们够呛。有好几个男生尿裤子了，还被女生嘲笑。男生尿裤子被女生嘲笑居然没觉得丢脸，因为心中有了崇高的使命。

后来，胡老师又让我们写作文，有同学就写为了拯救胡杨树，半夜三更悄悄到胡杨树边"来一下"，还说，自己尽力了。老师当天夜里就把男生集合起来了，这次没让大家"来一下"。老师宣布了纪律，严禁私下再给胡杨树"来一下"，经常"来一下"会适得其反，会把胡杨树烧死。

胡老师让我们围绕胡杨树站好，他教会了我们一首诗，是当时课本上没有的，说是给胡杨树精神鼓励。在他的引领下，我们面对胡杨树诵咏：

"东门之杨，其叶牂牂。昏以为期，明星煌煌。东门之杨，其叶肺肺。昏以为期，明星晢晢。"

我们会背了，也不懂含义。胡老师解释说，"东门之杨"就是指胡杨。胡杨呀，你曾经枝叶茂盛，郁郁葱葱。约好黄昏相见，都满天星斗了还不见你发芽长叶。

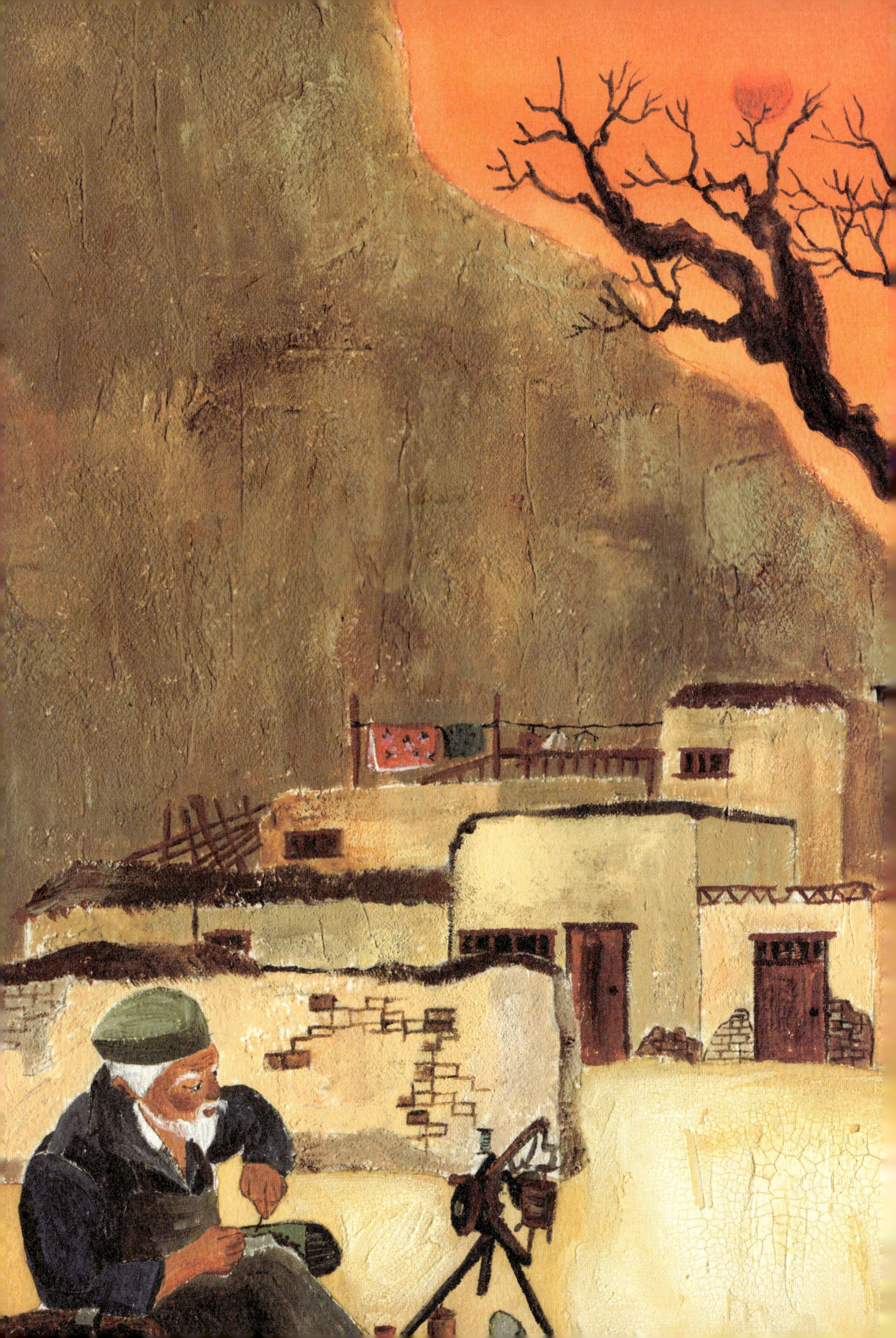

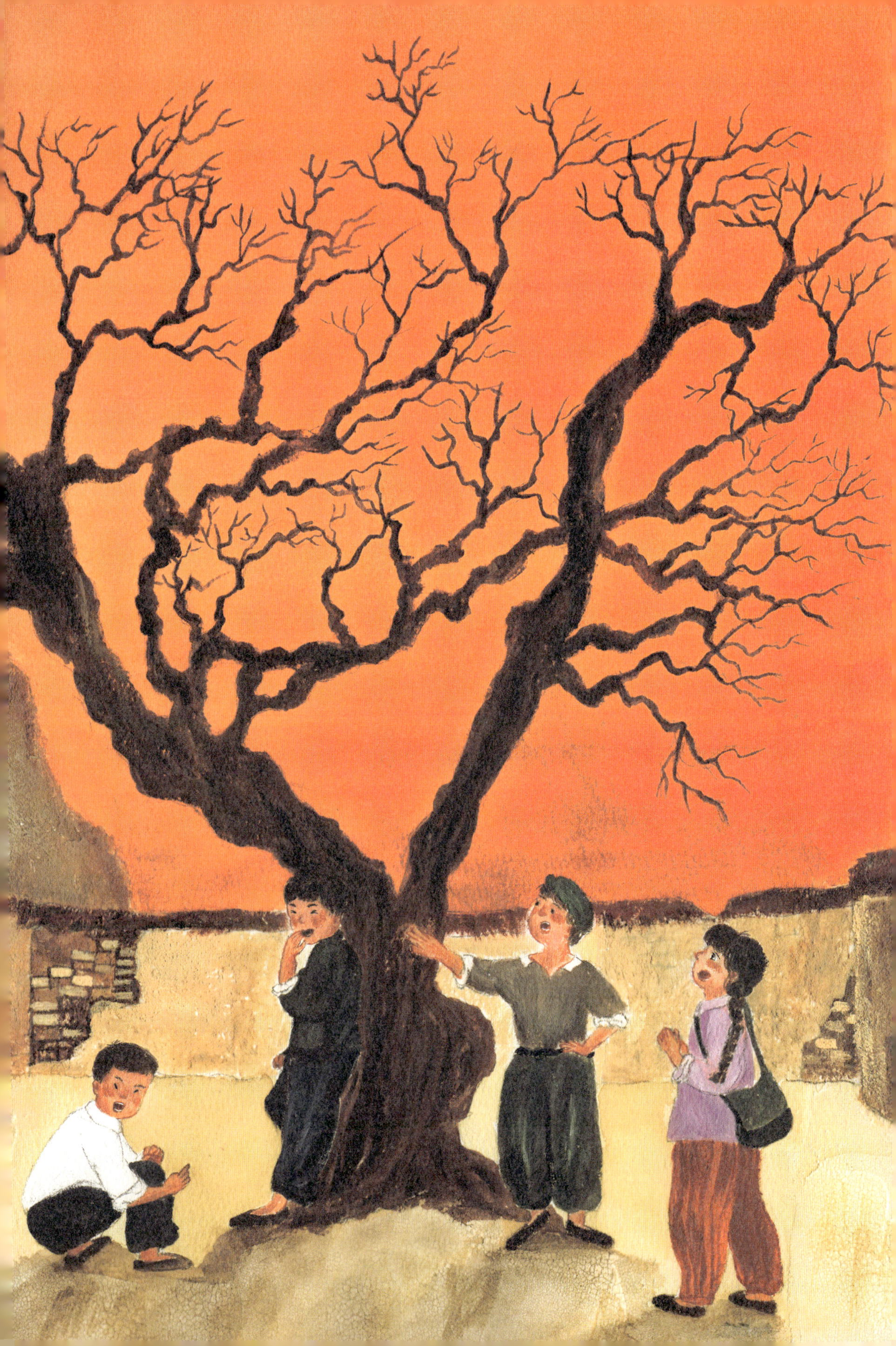

长大后，我们知道这是《诗经·国风》中的《东门之杨》，先秦"佚名"著。朱熹认为这是一首男女约会而久候不至的诗。"东门之杨"不一定是指"胡杨"，当然也不一定指的不是胡杨，无法考证。当年，我们还不懂男女之事，胡老师把诗的含义改了，变成了我们和树的约会。现在看来，胡老师对诗的解释有些牵强，可愿望却是那么美好。于是，这就成了我们每天面对胡杨时必须诵咏的诗。

那段时间，补鞋匠巴哈提老乡就受苦了。自从移栽了胡杨树，他就把补鞋摊挪到胡杨树下。胡杨树即便没有树叶，树枝也能形成荫凉，那一地荫凉也让人快乐，能吸引顾客。那几天他会时常把人家的鞋子修坏，把鞋钉钉透了鞋底，让人一瘸一拐地来找他算账。巴哈提老乡觉得有什么气味影响了他的补鞋技术。他经常嗅着鼻子在胡杨树下转圈，就像正寻找着什么。同学们见状也不明说，都偷偷地笑。

大家后来再也不敢在夜晚到胡杨树下"来一下"了，可巴哈提老乡还会围绕着胡杨树转圈。我们问他在胡杨树下寻找什么，他说寻找树芽，看看胡杨树的消息。我问他找到了吗，他说找到了。

这可是一个振奋人心的好消息,我们都去胡杨树下张望。他指给我们看,在树上,更高的树上,有绿芽。我们昂着头,踮着脚尖,使劲地看,当眼花缭乱时,仿佛看到树杈上有了绿芽,似是而非的。难道我们的童子尿起作用了?

在太阳落山时,我们还会看到他在胡杨树下祈祷,不知道是为了树还是为了自己。有时候我们也会站在胡杨树下念念有词:"东门之杨,其叶牂牂。昏以为期,明星煌煌。东门之杨,其叶肺肺。昏以为期,明星晢晢。"

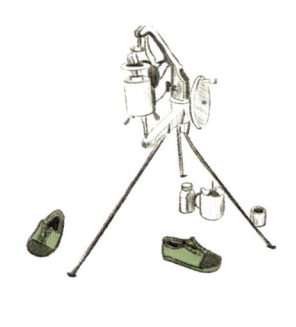

36

巴哈提老乡问:"你们念什么?"

我们回答:"念经。"

"汉人的经?"

"是的,《诗经》。"

"管用吗?"

"当然管用,能鼓励胡杨树早点生叶。"

"教教我,我们一起鼓励、鼓励的。"

后来,巴哈提先念一段自己的经,然后,仰天望着树上他看到的树芽,吟诵那段《诗经》。

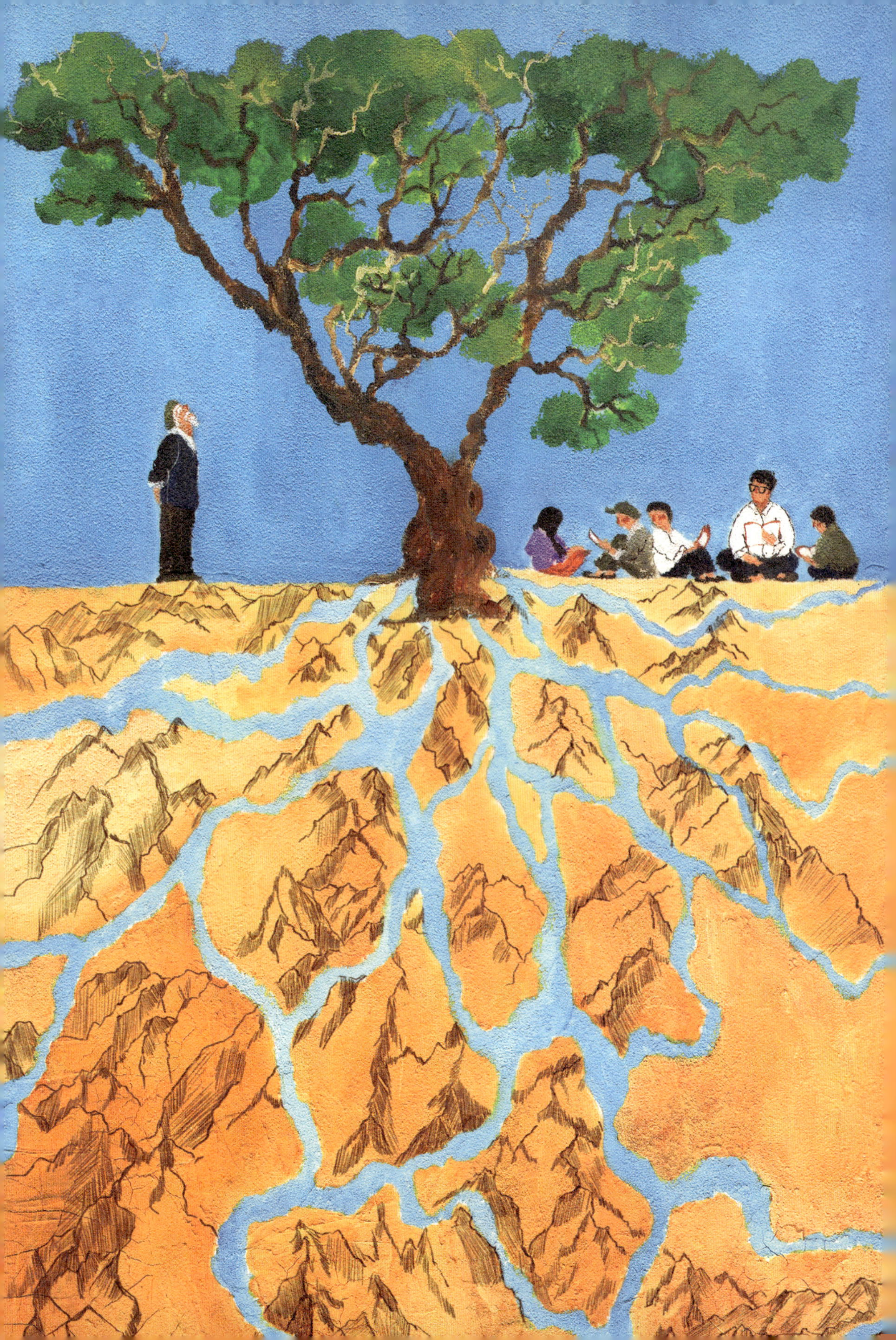

胡老师再一次给我们上作文课时，他让我们写一写眼前的胡杨树。他启发我们，不要再纠结胡杨树是否发芽、长叶的问题，因为胡杨树是一种伟大的树，它"活着一千年不死，死后一千年不倒，倒下一千年不朽"。胡老师还说，胡杨树即便死了，也会在我们山前耸立千年。

　　胡老师的这段话让我们震撼。特别是关于胡杨树的伟大让我们振奋，有一种激情在心中激荡，这让我们无所畏惧。

　　这时候，开山的炮声又响了，有石头落在了我们的屋顶，犹如战鼓。听到房顶的咚咚声，大家都会心一笑，齐声背诵我们学过的课文："一鼓作气，再而衰，三而竭……"

山前该有一棵**树**

就在大家认为"三而竭"时，只听，"**轰**"的一声，第四下来了，声音巨大而又沉闷。我们眼前的讲台灰尘四起，有女生吓得尖叫。灰尘散去，我们发现胡老师躺在地上，鲜血从讲台上流了下来……

一块碗口大的飞石击穿教室的屋顶，直击胡老师的头部，老师死在讲台上。

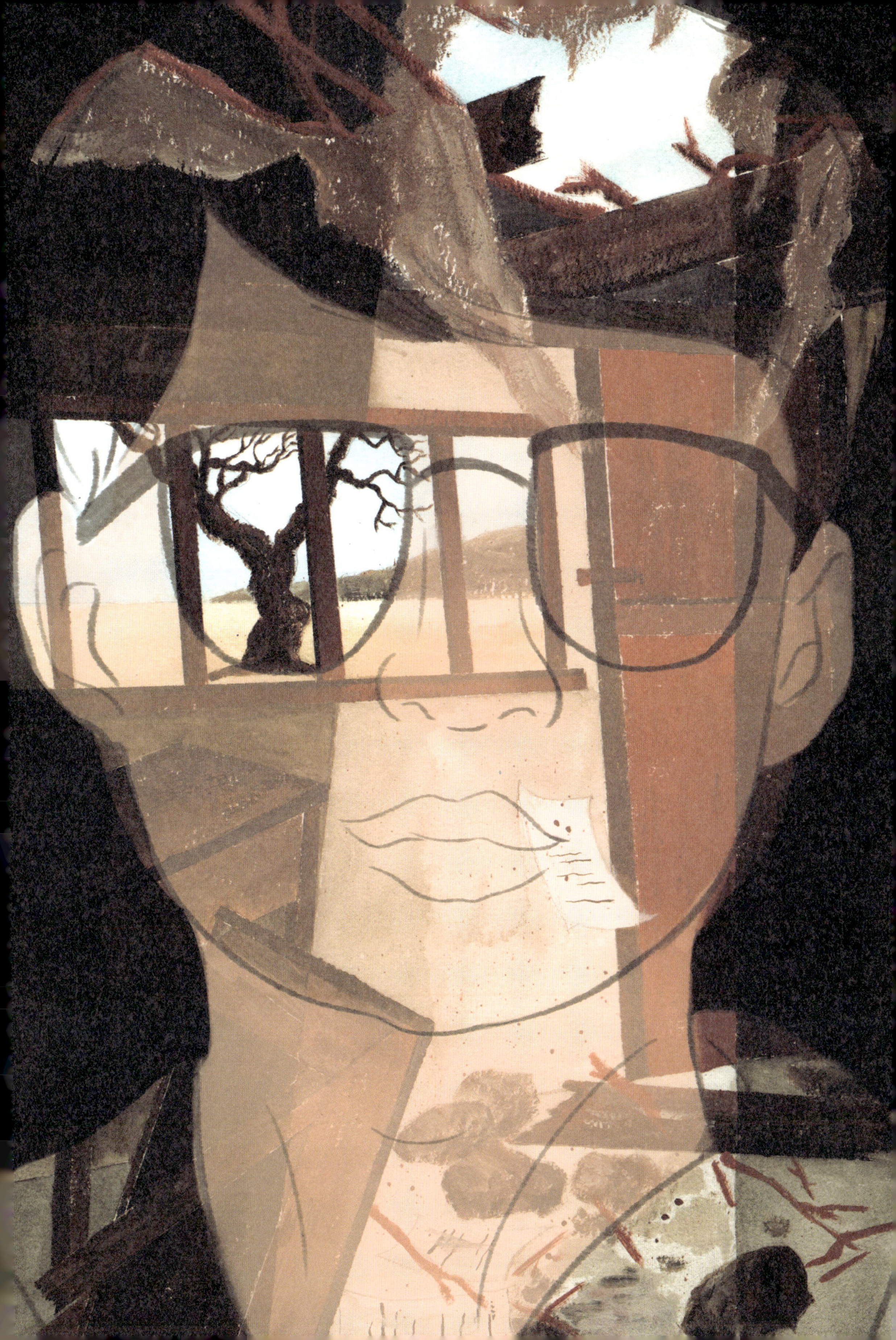

胡老师后来埋在胜利渠边那个巨大的胡杨树坑里。下葬那天我们围着那个树坑走了一圈又一圈。我们没有哭，感觉胡老师也没有死，他变成了一枚巨大的胡杨树种子。那种子会发芽、长叶，成为一棵参天大树。

胡老师死后，我们发现那些似是而非的树芽完全枯萎了，胡杨树也死了。关于胡老师用童子尿拯救胡杨树的故事，同学们一直都守口如瓶，再也没人提起。其实，刚移植的树木是不能施肥的，这是后来我们才知道的。

多年以后，当我回到新疆时，我和同学们再次去了那个已经废弃的矿山。我们知道了当年那些神秘的石头根本不是铀矿，它们只是普通的石灰石，可以烧石灰，还可以生产水泥，这从后来建成的水泥厂和石灰窑可以证明。更多的是一般的石头。拖拉机把石头运下山，运到各个连队，它们成了盖房子的基石。

我们没有忘记那棵死去的胡杨树，我们坚信它死后一千年不倒。那是我们的故乡树，也留下了乡愁。我们远远地就看到了它的身影。它已死去几十年，细枝已经被风掳去，只剩下粗壮的枝干，像一尊神秘的树雕。

有人说它像一个女人，正张开双臂拥抱远方的云影。

有人说它像一匹天马，正带着我们向远方奔驰。

我则说它很像胡老师，他正在给我们上课，背景是那些被取走了一层石头的平滑如砥的山坡。那像一块巨大的黑板。胡老师正指着黑板给我们讲解那段《诗经》。

开山的飞石击穿小学校的教室，砸死了老师，这是一个巨大的事故。矿长因此受到了处分。矿长后来从机务排让人滚来了十几个废旧的油桶，破开了，打造成硕大的铁皮瓦，盖在我们教室的屋顶上。我们终于可以安心读书了，一直到我们下山上中学。后来，我们通过高考飞向四面八方。

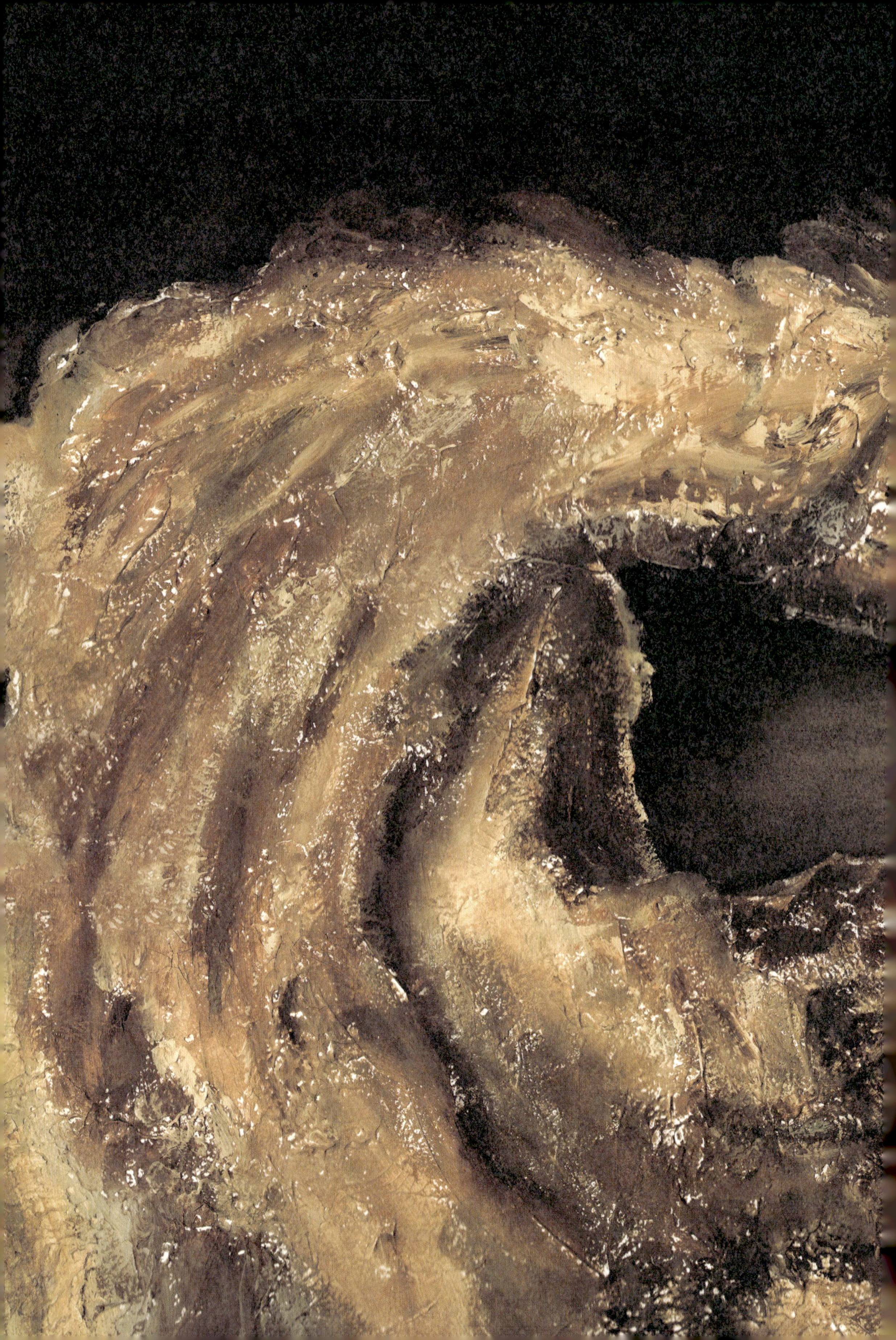

东门之杨，
其叶牂牂。
昏以为期，
明星煌煌。
东门之杨，
其叶肺肺。
昏以为期，
明星晢晢。

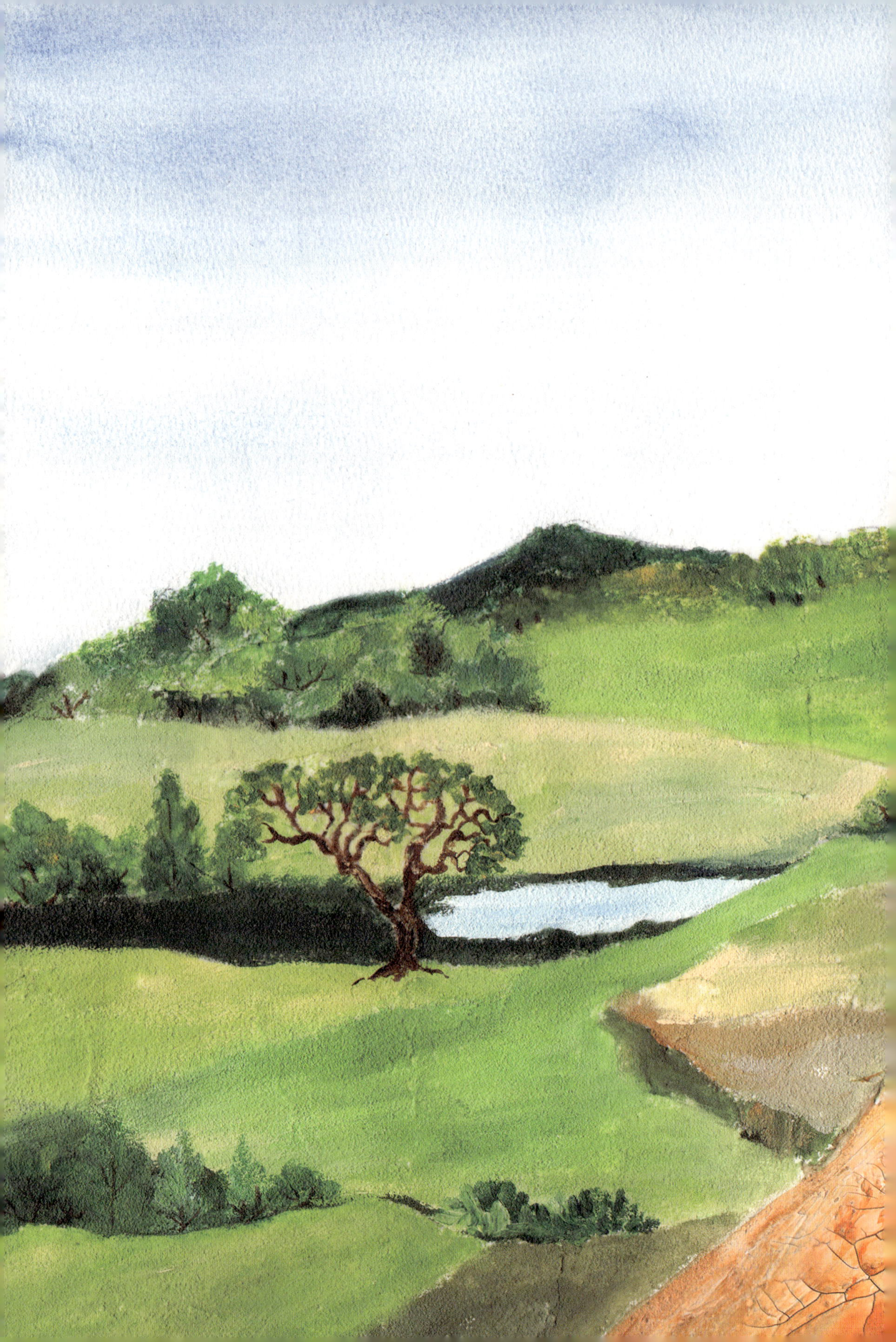

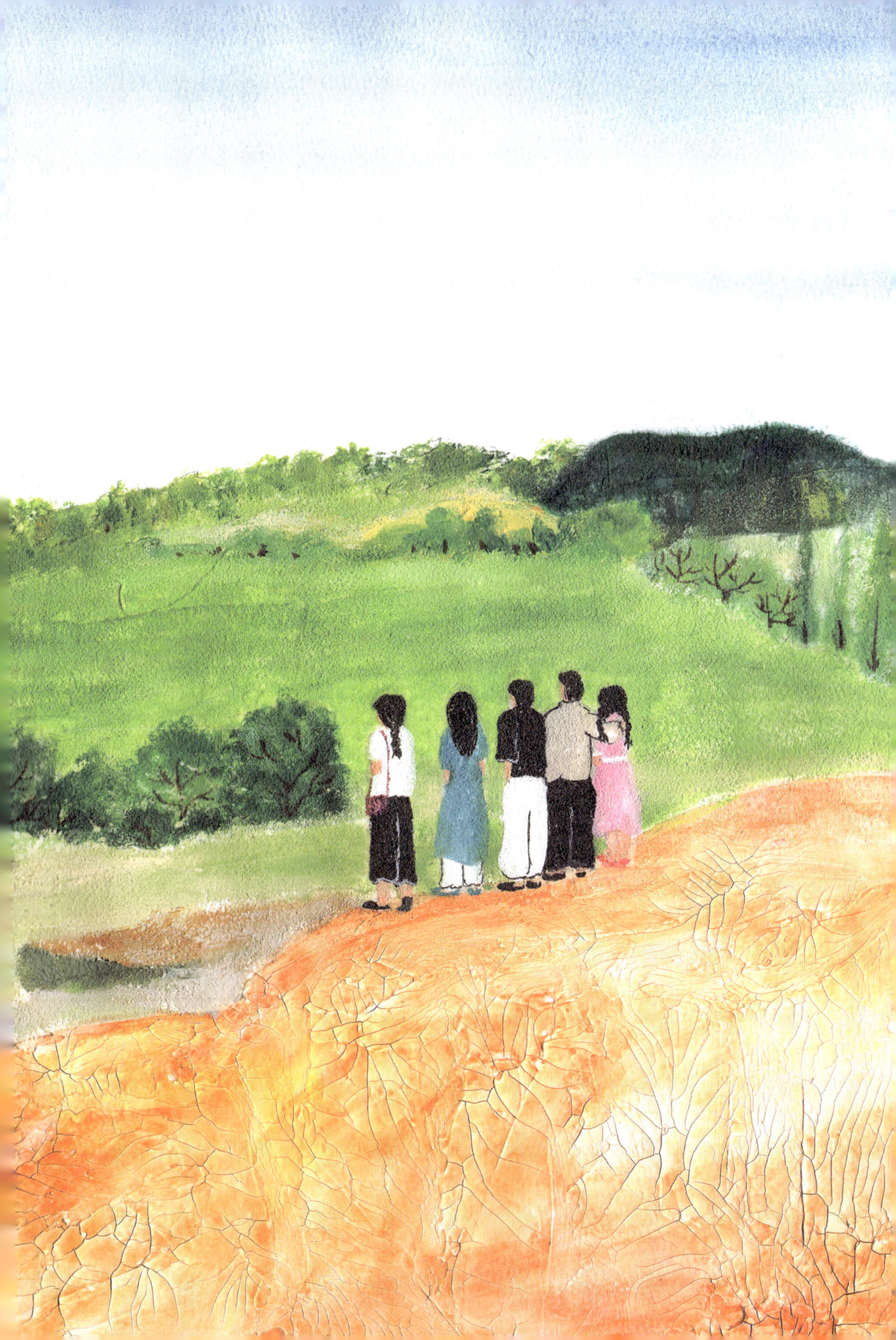

我们当然没忘记去胜利渠边看望胡老师。让我们惊喜的是，在胡老师的孤坟边真的长出了一棵胡杨树。我们围成一圈坐在树下，回忆胡老师，背诵那段《诗经》：

"东门之杨，其叶牂牂。昏以为期，明星煌煌。东门之杨，其叶肺肺。昏以为期，明星晢晢。"

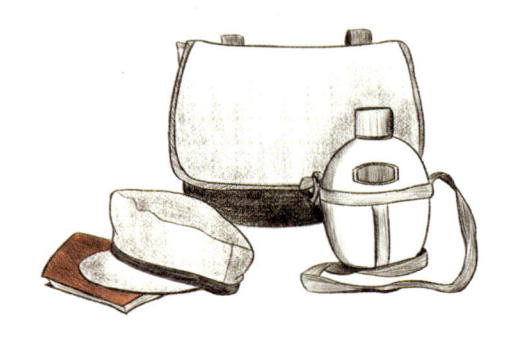

图书在版编目（CIP）数据

山前该有一棵树 / 张者著；鹿白绘 . — 重庆：重庆出版社，2024.4
ISBN 978-7-229-18132-1

Ⅰ.①山… Ⅱ.①张…②鹿… Ⅲ.①短篇小说 - 小说集 - 中国 - 当代
Ⅳ.① I247.7

中国国家版本馆 CIP 数据核字（2023）第 215975 号

山前该有一棵树
SHAN QIAN GAI YOU YI KE SHU

张者　著
鹿白　绘

出　　品：今日教育　　责任编辑：翁明真　叶子
策划编辑：郭亮　　　　责任校对：黄贵英　李欣
装帧设计：L & C Studio
责任美编：秦钰林

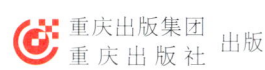

重庆出版集团
重庆出版社　出版
重庆市南岸区南滨路 162 号 1 幢　邮政编码：400061　Http://www.cqph.com
鹤山雅图仕印刷有限公司　印装
开本：787mm×1092mm　1/16　印张：3.25　字数：100 千
2024 年 4 月第 1 版　2024 年 4 月第 1 次印刷
ISBN 978-7-229-18132-1
定价：55.00 元

版权所有　侵权必究